KB220242

시밥을 지으며

시밥을 지으며

초판 1쇄 발행 2024. 10. 15

지은이 | 진선미
펴낸이 | 이민교
편집 | 기록문화
디자인 | 양선애
주소 | 서울시 강남구 자곡로180
전화 | 010-6251-3842
이메일 | actbook29@gmail.com
홈페이지 | www.actsbook.org
카카오톡 | sonkorea
등록번호 | 465-95-00163
공급처 | (주)비전북 031-907-3927

ISBN 979-11-985484-6-7 03810

시밥을 지으며

진선미 시집

출판 사무행전

정결한 품격의 詩

시인이 특별한 사람은 아니다. 여느 사람들과 같이 호흡하면서 자연과 환경을 같이 바라보는 일반인이다. 물론 바라보고 생각하는 각도와 느낌이 다를 수 있겠지만 한 시대를 같이 살아가는 보통 사람인 것은 분명하다. 그러나 그가 끊임없이 자기를 성찰하고 연마하며 자신이 살아가는 여정에서 뭔가 선하고 아름다운 세상을 이루는 데 일조하겠다는 사명을 인식한다면 그는 특별한 사람이다.

시인은 이지적으로 남을 가르치려는 노력보다는 우리가 공유하고 있는 자연환경과 생활 주변에서 자기만의 독특한 눈으로 소재를 찾아 독자들에게 공감을 일으키는 일을 하고 한 걸음 더 나아가 독자들의 감정에 자극을 주어 순수해지는 삶을 추구하도록 돕는 것이다. 그렇다. 시인은 예술가이고 예술가는 인간 중심에 내재한 감성을 자극하여 창조주의 뜻을 되살리고자 하는 거룩한 뜻을 구현하는 사람이다.

이번에 진선미 시인이 《시밥을 지으며》라는 이름의 시집을 상재하였다. 그 노고를 축하드린다. 그리고 여러분이 읽고 감동하기를 위하여 추천한다.

진선미 시인은 이 시집에서 계절을 통하여 보여주고, 들려주는 자연의 아름다움을 감각적으로 묘사하는 것으로 시작하여 누구라도 접할 수 있는 우리 주변의 일상과 삶의 편린에서 자연스럽게 소재를 얻어 형상화했다. 예컨대 여행, 날씨, 사소하다고 할 만큼 소소한 일상의 주제 등을 사색함으로 우리 정서에 어렵지 않게 접근시키고 있다. 또한 시의 본류인 서정성을 잃지 않고, 그의 사상은 언제나 긍정적이고 심령의 평안을 유도한다. 가급적 호흡을 짧게 하면서 난삽하지 않도록 관리한 점은 높이 살 만하다. 언어의 절제를 요하는 시에서 진 시인의 시는 정제되어 나타나는 것이다.

　이런 시인을 만나고 싶다든지, 긍정적이고 풍요로운 삶을 엮어나가고 싶다든지, 인생의 굽이를 지치지 않게 걷고 싶다면 이 시편에 빠져 보기를 권한다.

　끝으로 진선미 시인의 시 한 편을 감상하면서 시인의 면모를 생각해 보고자 한다. '봄 산'이라는 시인데 자세한 것은 시집 안에서 살피시기 바란다. 이 시를 필자가 임의로 4연으로 나누어 보면 1연에서 "저 산을 먹고 싶다"고 했다. 2연에서는

"저 산을 안고 싶다"고 했다. 3연에서는 "저 산을 알고 싶다"고 했고 마지막 4연에서는 "저 산을 닮고 싶다"고 했다. 우아한 봄의 산을 바라보면서 느낀 감정이 진솔하게 표현되었는데 처음엔 시인 자신이 산을 먹고 싶다고 한다. 산을 자기 것으로 하고 싶다는 욕구가 나온다. 시인 자신이 산보다 크다는 인식이다.

그러나 점점 '안고 싶다'와 '알고 싶다'로 바뀌면서 사랑하고 탐구해 보니 시인 자신이 산에 비하여 왜소함을 느낀다. 그래서 결국 "산을 닮고 싶다"고 고백하는데 산은 점층(漸層)하고 시인 자신은 점강(漸降)한다. 잔잔한 호수 같은 마음밭이다. 정결한 품격과 오랜 경륜이 드러난다. 누구나 갖추어야 할 덕목으로 인품이 숙성하면서 겸손이 나타나는 모습이다.

전종문 | 시인, 수필가

진선미의 시밥은 따뜻하고 맛이 있다

시를 밥으로 표상하면서 시인은 밥을 짓듯이 언어라는 쌀로 시밥을 지어 우리에게 진상하고 있다. 언어를 자유롭게 가지고 노는 정도가 아니면 늘 먹는 밥이라도 맛깔나게 지어내기란 쉽지 않다. 진 시인의 시는 그만큼 생활과 삶에 밀착되어 있어 자연스럽고 편하다. 누가 맛있는 밥을 거부하겠는가.

시란 우리의 몸과 마음에 붙어 있어야 하고 우리가 보고 나아가고 싶은 세계와 연결되어 있어야 한다. 진 시인의 언어 하나하나가 전혀 억지스럽지 않은 이미지와 표상으로 우리를 편하게 하는 것은 그가 늘 밥을 짓듯이 시를 생활 속에서 호흡하듯 노래하고 있기 때문은 아닐까.

시란 슬픔과 아픔, 외침과 절규가 있어야 하지만, 그것을 속에 흐르게 하면서 삶의 구체적 현실과 사물과의 관계 속에서 곱고 수줍게 드러내는 멋이 있어야 한다. 과장하지 않고 떠들지 않아 좋다. 누구나 가지고 있는 아쉬움과 그리움을 아는 노래 부르듯 부르고 있다. 그런 멋이 느껴지는 진 시인의 시밥 한상 한번 드셔 보시라.

최충산 | 시인, 목사

자연의 아름다움과
그 속에서 피어나는 삶의 기쁨

시집 《시밥을 지으며》는 계절의 변화 속에서 삶과 감정을 깊이 있고 섬세하게 탐구한 작품입니다. 시인은 자연이 빚어내는 특별한 순간들을 생생하게 포착하여, 독자에게 아름답고 서정적인 경험을 선사합니다.

이를테면, 파란 하늘 아래 붉게 물든 가을 풍경을 바라보면서 자연이 차려 입은 화려한 모습을 아름답게 묘사하고, 자연이 펼치는 색채와 형태, 리듬을 생동감 있게 전달합니다. 그러면서 자연 안에서 스며들고 피어나는 감정들에 조용히 응시하게 만들며, 몰입을 이끕니다. 시인의 표현을 빌리자면, "천지가 붉어지도록 애틋해지면 그 마음 드러내려나"(「가을 색시」)라는 구절처럼 자연과 감정이 교차하는 순간을 섬세하게 그려냅니다.

또한, 시인은 우리의 마음이 마치 계절과 닮아 어떻게 변화하는지를 깊이 있게 이끌어냅니다. "마음을 접으면 심장처럼 붉은 단풍 한강 물 따라 흐르고"(「가을 접기」)라는 구절은 우리의 삶 속에서 겹겹이 쌓여가는 감정들과 그것들이 내적 여정 속에서 흘러가는 과정을 감각적으로 표현하고 있습니다.

시인은 자연을 단순히 묘사하는 데 그치지 않고, 삶의 본질과 가치를 성찰합니다. 「마음씨」에서는 자연의 리듬에 맞춰, 변화하는 계절과 상호 교감하며, 인간 역시 고유한 계절을 지니고 있음을 상징적으로 표현합니다. 이 본연의 계절이 인간을 지탱해 주는 마음의 버팀목이 된다는 깨달음이 시 속에 녹아 있습니다.

「봄 산」에서는 산을 먹고, 안고, 알고 싶다는 순수한 갈망을 가지고 자연과의 소통을 통해 얻는 환희와 경이를 노래합니다. 자연과 아름다운 순간을 교감하며 마침내 "저 산을 닮고 싶다"는 소망을 품게 되는 모습은 깊은 인상을 남깁니다. 독자가 이 시를 통해 자연 속에 자신을 비추고, 그 아름다움을 마음에 새기며, 자신을 이해하는 여정을 떠날 수 있기를 바라는 시인의 진심이 담겨 있습니다.

이 시집을 통해 자연의 아름다움과 그 속에서 피어나는 삶의 기쁨이 많은 이들에게 전해지기를 소망하며 마음 다해 추천합니다.

황덕영 | 새중앙교회 담임목사

맑은 영혼 살려내는 따뜻한 시밥 한상

살아가며 느낀 감정의 한 조각이 내내 가슴에 남아 기어코 시가 되었습니다. 가슴속에서 뜸 들인 시밥을 갓 지어 첫 한 상을 차려 대접해 봅니다.

수많은 시들이 피고 지는 문학의 계절, 그리고 그 계절을 함께하는 우리들…. 피었다 진 시일지라도 어디에선가 누군가의 가슴속에 심겨 살아가는 시들을 보았습니다.

시인의 마음이 담긴 언어들을 품고 살아가며 때로는 힘을 얻고, 때로는 위로를 받고, 때로는 삶의 온기를 끌어안습니다.

우리는 모두 행복의 한 조각입니다. 서로가 함께해야 행복의 퍼즐이 완성될 수 있기에 우리 각자는 소명을 지닌 의미 있는 존재입니다.

하지만 행복에 그늘이 드리운 것처럼 힘들고 지칠 때가 누구에게나 있습니다. 이 시밥이 누군가의 영혼에 허기를 달래 주고, 그늘을 벗어날 힘을 주어 단 한 사람이라도 살맛나게 해 줄 수 있다면 감사한 일입니다.

바쁜 일정 중에도 추천의 글을 써주신 새중앙교회 황덕영 담임목사님, 최충산 시인님, 전종문 시인님, 발문을 써주신 송광택 목사님, 부족한 시집을 빛나게 해주셔서 감사드립니다.
따뜻한 추천의 글과 발문은 저에게 큰 힘이 되었습니다.

아울러 이 시집을 출간해 주신 도서출판 사도행전 대표 이
민교 목사님께 감사드리며, 제게 주신 달란트를 하나님 나라
와 선교사역을 위해 쓰임받게 해주신 하나님께 감사와 찬송과
영광을 올려 드립니다.

진선미

목차

1

사계절 산책

1
사계절 산책

봄이 오는 길

꽃잎 같은 그대

먼지바람 불어와도
너의 흰 살결은
비껴갈 것만 같은

너의 내면에
반짝이는 향기로
빛나는 그대

이 봄날에 꽃잎 같은 그대
사랑스럽게 흔들리는 웃음소리
여리게 피어나는 마음속에 앉아

하염없는 시름
맑게 해주는 너는
오늘 따라 꽃잎 같은 그대

강아지 산책

노른 수풀 사이에
봄이 숨었다

강아지 코끝이
봄을 찾아 낸다

사뿐사뿐 발자국마다
봄이 밟히고

살랑살랑 꼬랑지
봄을 당긴다

봄 오는 풍경

겨울잠 자던 길목
나슨히 기지개를 켠다

진달래, 개나리 일렬종대
민들레 카펫 깔고

봄 신부는
꽃길로만 오시는가?

아침 기상

소나기 물기둥 세우는
어느 봄날

꽃잎 떨리는
느낌으로

하루를 사르려
열정을 데운다

불감증

봄 바닥에
사람들의 웃음소리가
벚꽃잎처럼 뒹군다

아지랑이 오르는 봄볕에
사람들의 한기도
바람결에 쓸려간다

웃음소리 뒹굴고
온기 가득한데
내겐 겨울이 주인처럼 남아 있다

여름의 선물

더위

여름 보내기

열열국지풍

물먹는 하마

더위

7월의 여름이 뿜어내는
한낮의 더위에
마음도 부대낀다

찜질방이려니
사우나려니
생각으로 고단한 몸 속여 보려
허튼짓도 해 본다

서로 등 맞대고
하늘 한 번 올려다 보고픈데
뜨거운 눈부심
한 치의 틈도 내주질 않는다

머리 맞대고
소리 내지 않아도
같은 노래 부르고 있음을 느끼고 싶은데
뜨거운 열기에 바람조차 마른다

여름 보내기

며칠 전 받은 입추 경고에
마음 급해졌는가

밤을 새우고도
8월의 여름은 아직
거센 물줄기로 샤워 중이다

그간 쌓인 이야기 보따리
한 여름밤 꿈같은 추억 보따리
마음 씻은 정결함으로
이고 갈 생각인가 보다

여름 씻기는 빗소리 바라보며
널 보내는 심경에
내 이야기보따리도
한 짐 더 얹어 본다

열열(熱熱) 국지풍

습기를 데운다
한여름 도시에 자리 잡은 국지풍
우리들의 이기적인 여름
마음이 거슬린다

얼음장 같은 공기
건물 안 내 편의 안에 가두고
숨 막히는 더운 열기 나 몰라라
실외기 통해 버리는
우리들 행태가 못마땅하다

우리가 무엇으로 한마음 되면
도심에서도 빌딩숲 사이 누비는
서늘한 바람 나누어 맞을까
우리 안으로 들일 수 있을까

차가운 이기적 냉랭함에
오히려 지치는 여름
심열로 마음마저
더운 여름

물먹는 하마

햇살에 연신 눈 가리는 시늉으로
바쁘게 하늘거리는 나뭇잎들

네게서 다가오는 맑은 바람이
내 안에 고인 답답한 습기를 빨아들인다

평화롭게 등 기댄 곳에서 퍼지는 열기에
촉촉함 배어 나와도 온기가 싫지 않다

가슴에 땀방울 하나 또르르 미끄러져 내리는데
경희궁 그늘에서 얻는 쉼은 그 또한 증발시킨다

살아가며 젖은 이야기
살아오며 마르지 않은 이야기

살아내며 젖게 될 새로운 이야기로
긴장되어 흐르는 마음의 땀방울마저

여유로운 쉼으로 가득한
이곳에선 마르지 않을 수 없다

습기 찬 우리들 마음 위로하며
뽀송한 하루 선물로 건넨다

가을의 알람소리

가을 따라가기

파란 빛깔 하늘 위에
가을 앉아
맑은 웃음 짓는다

하얀 빛깔 구름 뒤에
가을 숨어
바람 솔솔 불며
뭉게구름 몰고 간다

낮 곁에
가을 노니는 모양새
하도 어여뻐
내 마음새도 덩달아
꽃답게 따라간다

가을 색시

파랑 떨어지는 하늘 밑에
붉은 물감 어디서 찾았는지
욕심 과해 검붉게 콧대 세운
수숫대 끝에 마음이 앉는다

들녘 가득 차오른
황금색 물감 들이며
치장하기 바쁜 가을 색시
속마음 누굴 좇고 있는지

천지가 붉어지도록 애틋해지면
그 마음 드러내려나
기다림으로 짙어진 시간 탓에
바래 버린 색일랑은 벗어던지고
혹 하얀님 만나 새 옷 입으러 가시려나

가을 접기

생각을 접으면
잠자리 떼
익숙한 하늘을 날고

마음을 접으면
심장처럼 붉은 단풍
한강 물 따라 흐르고

기억을 접으면
행복 닮은 노란 은행잎
낙엽처럼 쌓인다

가을 음성

입추라 하던 날 두 날 지났는데
베란다에 잠입한 풀벌레 한 마리
어찌 알았을까
열심히도 날개 비벼 울어 댄다

소리가 난다는 것
소리를 낸다는 것이
어쩌면 기적 같은 일이 아닐는지
가을 알람 소리에 귀 기울이다 잠을 잊는다

살면서 기억된 느낌대로
풀벌레 울음소리 따라
가을 오는 소식 들으며
내 마음 네게 부대껴 시 울음 낸다

가을 풍경

담 넘은 대추나무 얼굴
열매 버거워 늘어진 팔
가을마저 성큼 내려앉아
힘겨워 얼굴 뻘게졌다

품속에 파고드는
햇살 가득 채운 가을님과
따뜻한 사랑 좋아라
다시 얼굴 발그레

옆집 담벼락 타고
몰래 구경하다 들킨
담쟁이넝쿨 잎사귀도
멋쩍어 얼굴 붉어진 모습

오가는 계절
같은 듯 새롭게
사랑스러움 익어가는
가을 풍경 낸다

겨울 풍경화

겨울별

검은 호수에
차갑게 시린 바람이
별빛을 닦는다

빛남이 눈부실수록
가슴속마저 스며
별이 묻힌다

별 그리는 마음
사다리 놓아
검은 지붕 위에 오르면

눈동자 속에
쏟아진 별천지
환성의 축포와 함께
밤하늘과 눈 맞춤한다

함박눈 오는 날

겨울 그녀의
하얀 웃음소리가
천지로 흩어진다

산자락 아래 붙박인
두서너 집 어딘가
흰둥이 짖는 소리와 엉키어
정겹게 흩어진다

별이 피어나는 밤
그 고요함에 보석처럼 박히며
시리도록 차가운 빛을 입고
눈부시게 흩어진다

하얀 웃음소리 좇아
눈 기울이다

얼어붙은 나의 시간
내게서 그 웃음이 숨 쉬는 물아일체

겨울 그녀의
하얀 웃음소리가
나를 남겨두고
독(獨)하게 흩어진다

눈 발자국

흰 눈 입은 길 위에
붙잡힌
주인 잃은 발자국들

하얀 눈 쌓여
좋아라
한눈 판 사이

주인 놓쳐 버리고
눈길 위에
얼어붙어 버렸다

인생무상

겨울 숲속을
거닌다

이 계절을
견디려 했던 흔적들

떨어진 낙엽 켜켜이
이별이 쌓인 길

잿빛 나뭇가지엔 듬성듬성 남아
바람에 사각거리는 마른 잎들

생은 갔고
기억되지 않을 존재감
감각적으로 느끼는 메시지

삶에 또 다른
이미지 선사 받으며
계절의 틈을 걷는다

설악동 눈 그리고 별

눈 그리워
만날 수 있으려니
기대만을 밑천 삼아
달려간 곳

얄팍한 생각만 챙겨
찾아간 마음
달갑지 않아
고부장해졌는가

먼 산 능선에 닿을 듯 말듯
눈(雪)웃음만 보이고
앞서간 시간은 짓궂게
눈웃음조차 어둠 속에 가둔다

실망감 어깨에 늘어져
여정의 발길 되돌릴 즈음
설악동 밤 얼굴

눈처럼 쌓인 별들의 인사로
자연답게 위로한다

진정한 속내
눈보다 별이었던가
손 뻗어 붙잡고 싶은
별 향한 어린 충동

동행하는 맑은 마음
높은 사다리 되어
별 가까이 띄워 준다
기억을 입고 돌아온다

2
일상에 쉼표를

오늘의 선물

살아있는 환희

나지막이 깔린
가을 문턱 앞에
살살함 대동한
빛깔 다른 햇살이다

아침을 배회하다
이름 아련한 꽃잎 끝에 매달려
이슬방울 타고 놀던 햇살들
공기 중으로 승천한다

하루는 시작되었고
아침이 가고
정오의 시간이 비밀스럽게
걸어오는 풍경이다

아직도 하루의 시작이
시간의 오고감이 새삼 정겨워
오늘을 선물같이 주어진 삶이라 여겨
마음 펼쳐 감사를 수놓는다

오십 보(步)

세월 따라 걷다 보니
어느새
삶의 첫 발자국 꽤 멀다

생에 복병처럼 나타났던
변곡점을 지나 보니

수많은 삶의 선택
나만의 길이 되어 있다

아무리 좋은 순간 모아도
뒤돌아보면 과거의 미숙함 남아 있고

그땐 완벽하다 여긴 선택도
흠이 보인다

사람인지라 최선을 다해도
버릴 것이 남는다

해 바뀜이 익숙해진 나이 되어
묻고 답한다

가장 좋은 순간
가장 좋은 선택
오늘에만 존재하는 가치다

분주한 하루

매 순간 시간이 호들갑이다
흘러가는 시간 잡으랴
여유 시간 남기랴
동분서주 바쁘다

시간과 함께
먹방 경쟁 중
24시간을 호로록 먼저 들이킨다
오늘도 남은 시간이 없다

열정 중독

한여름 힘겨움도 무뎌질 만큼
줄곧 각성 상태가 이어진다

뇌파가 해답을 찾을 수 없는
빛줄기를 쫓아가는 듯싶다

너무한 것 아닌가 싶다가도
이런 날이 언제 다시 오나 싶어
마지막인 듯 열정을 부어 본다

인생에서 가장 강력하고
흡입력 있는 중독을 경험 중
머릿속에 맑은 빛이 가득이다

추억

도톰한 책 한 권
남았다

절로 쏟아져 나오던
이야기들

낮과 밤의 펜촉이
흔들거리며

신명나던 순간
베스트셀러다

시간의 상처

홀로 기워 내는
구멍 난 시간들

아무리 잘 기워 내도
시간에 상처가 남는다

우리여서 좋아라

촛불처럼

삶이 바람 되어
불어온다면
너처럼
온전히 안고 춤추고 싶어

뜨겁게 뜨겁게
열정 다하면
네가 흘린 따뜻한 눈물처럼
내 가슴속에도 땀방울 같은 감동 맺힐까

눈물이 흘러도
세차게 흔들려도
너처럼 견디며
나도 기꺼이 태워내고 싶어

맑은 내가
밝은 우리가
되고파
너처럼

마음의 추수

우리의 맘은 자신도 모르게
봄, 여름, 가을, 겨울

그러나 그것은 잠시
겉으로 드러나는 계절일 뿐

어떤 계절을 앓고 있다 해도
그 사람 본연의 계절이 있기 마련

잠시 그의 계절이 바뀌었다 해도
그 계절을 함께 걸어가 주는 두터운 마음

살아가며 누군가의 버팀목으로
살가운 마음 익어 결실하는 가을걷이되길

우리

넌 내게 꽃
난 네게 꽃
우리 이어야
꽃이 핀다

사람꽃
사랑꽃
시간을 이어야
꽃이 진다

향기는
어여삐 남고
추억이
주마등처럼 맺힌다

우리 이어야
시간을 이어야
이야기꽃 피고
삶이 맺힌다

마음 찾기

햇빛 속에서 별을 더듬는다
찾아가는 길이 그렇다
그 자리에 있는데
내 편견에 눈먼다

구름 속에서 별을 찾는다
찾아가는 마음이 그렇다
그 자리에 있는데
난 세상 편견 뛰어넘는 장애물 선수다

보고 있어도 보지 못하는 장님
보고 싶어도 보지 못하는 석인
낮에도 밤에도 그렇게 별이 숨는다

숨 쉴 수 없어
너울 한숨에 겨우 숨 틔우고
체념하며 조용히 눈 감는 시간
이제서야 내 안에 별이 뜨고
막혔던 첫 호흡이 운을 띤다

자유로운 심중에
서로에게 이르는 진실한 공간
그곳에 보석처럼
심장에 맺힌 우리

마음씨(種)

몸과 마음
닿지 못하는 공간

화분 하나 선물로
장식하였습니다

위로가 되어 줄
꽃씨도 심어 두었습니다

흙 속에 고이 덮어
심어 둔 내 마음씨

피어난 꽃 이름
"당신을 축복합니다"

공감

곱다랗게 긴 손가락 끝에
하늘 향해 치켜든 새끼손가락
날 세운 검처럼 깎인 손톱

단단한 껍질에 쌓여진 듯
굳어지고 경직된 사람이
두려움을 덧댄 부목처럼
긴장된 사람이 보여서

앙상하고 어린 나뭇가지에
빛나게 춤추어야 할 잎들은 묵언하고
고단한 그림자가 울먹이는 듯
서러움마저 일어나는 마음

너도 감추고 나도 감추었을 법한
여린 자아일 터인데
사랑의 뼈대 세워
마음 받쳐 주고 싶은 공감

결혼 생활

부부는 참 작은 세상에서
살아가고 있다

남편의 생각 속에
아내가 갇히어 살고

아내의 생각 속에
남편이 갇히어 산다

현실의 수많은
상황과 맥락들

남편의, 아내의
관점으로만 해석된다

같은 일에 서로 다른
맥락의 감정이 이입된다

넓고 관대한 맘은 세상에
부부의 감정은 편협한 곳에서 산다

그 작은 세상에 함께 사는데
동상이몽에 서로가 놀란다

공간을 채우는 마음

실골목 풍경

파란 하늘 수평선 넘어
밤모자 쓰러 갈 즈음
네모진 도심 속 언저리
실골목 어디쯤 마주 앉아

주린 배 주린 마음
허기 달래며
따뜻한 소리 품고
미소 짓고 웃음 짓고

동그란 술잔 기울이다
아픔 토닥이며
꿈길마저 어깨동무하는
긴 하루 저무는 풍경

경쟁의 연가

서점에 갔다
수없이 많은 책
그들 간의 경쟁
내가 산 책 한 권
저자와 인연 맺는다

음악을 찾았다
수많은 노래
그들 간의 경쟁
내가 듣는 이 노래
음악가와 인연 맺는다

그림을 골랐다
수천의 작품
그들 간의 경쟁
내가 선택한 그림
화가와 인연 맺는다

그 치열한 경쟁
그 힘든 선택의
과정에도 불구하고
서로를 찾아 달리는
애틋한 연가!

카페

그 무엇이든 놓이는 것
매달리는 것
하나하나
그저 느낌이 된다

자유로운 공간이 부럽다

커피의 향기
흐르는 음악
사람들의 이야기마저
장식이 된다

무드로 메워지는 장소가 예쁘다

쌓여갈수록 차오를수록
그 무엇을 채워도 좋은 느낌
흐뭇한 우리 시간의 잔상도
카페에 남겨두고 떠난다

공원

삶의 더위에 지쳐
마음속 송송이
고단함 맺힌
속내 버겁다

해 질 녘 강바람
잔디 위 훌훌 날아
여름을 말리는데
고단한 땀방울 증발되지 않는다

곳곳에 도손도손
삶의 주인은 숨고
말소리만 보이는 은밀함
고단한 이야기꽃 시들해질

쉼 찾아
발길 나누며
한강 변 공원
사람 숲 사이로 숨는다

지하철역 풍경

수많은 인파들이
인식의 공간에 들지 못한 채
의미 없이 눈앞에서 흩어진다

더러 누군가를 기다리는 듯
멈춰선 사람들의 모습만이
표식처럼 가슴에 조각을 새긴다

기다리는 사람을 향한 그 마음이
나의 상상 속에서조차
어렴풋이 그려진다

누군가를 향한 마음이 가득 차면
타인에게조차 숨길 수 없이
밖으로 조각되어 실체가 되나 보다

내 모습은
어떤 마음의 형상들
만들어 내고 있었을까

넌 혹시 보았니?

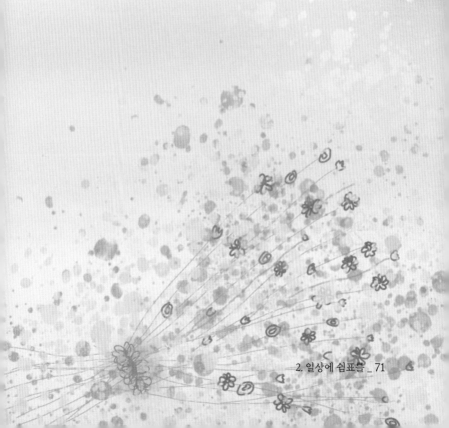

망중한

사각의 공간에
네모난 돗자리

아름드리 마음의 어울림
잠시 오수 부르는 편안함 채운다

따뜻한 맑음과 안전한 밝음이 있을 뿐
남녀들 사라진 사람의 공간이다

백색 치장한 콘크리트 천장에
독백으로 그린 심경 수십 개

가만히 고개 돌려
창밖 푸른 하늘에 건넨다

아침 지하철 안에서

말하지 못한 마음들이
하루에도 몇 번씩, 순간순간
수십 통의 편지되어 허공에 쌓였다가
한숨처럼 사라진다

네가 바라보는 하늘에
나에게서 지워져 간
그 투명한 글 빛이 보인다면
얼마나 좋을까

창 밖에 펼쳐진 하늘
마음 닿고 싶은
파란 원고지 되어
유혹한다

밤의 노래

노을

노을 저고리에
12폭 산 그림자

잠시 단짝 이룬
석양과 가을

붉은 불길 물결 일으키며
한 덩이 가을빛으로

뜨거운 무게 안고
가슴 한 켠을 태운다

너와 나다

석양

햇살 놀다
돌아가는 길목

구름 위엔 빠알간
불길이 번진다

좀 더 놀겠단
낮동무 남겨두고

홀로 가려는 서먹한 길이
심드렁한가 보다

그 덕에 하늘엔
불꽃 한 번 더 피고

아직 땅에선 꽃망울 틔우는
하얀 배꽃의 웃음 보인다

밤의 연주

누군가
밤의 악기를 켠다

별들을 하나, 둘 조율하고
검은색 하늘 베이스 나지막이 깔아
어두움이라는 음률을
고요히 흘러 보낸다

연주회 깊어갈수록 고조되는
칠흑 같은 절정이 퍼져 나가고
세념에 잠 못 드는 이
마음에 드리운 그림자마저 지운다

협연 중인
별들의 연주
두 별의 앙상블이 유난히
밝음과 맑음이다

배회

와인에 익은
웃음 머금고 뚜벅뚜벅
집 근처 도는 발걸음

가을 버무린 빗줄기에
한바탕 샤워 후
흠뻑 젖은 숲속마을

밤이어도
삶을 도발하듯
생생이 살아

달빛 아래
뿜어져 나오는
풀 울음 향기

잊히질 않아
촉발되어 젖어오는
삶의 긴장

늦출 수 없는 시간과
무흔*의 가시거리를
오지랖 떨며 배회 중

* 눈앞에 보이지 않는 목적지를 의미

몽골의 밤

사막의 모래바람
그 모래바람처럼
별빛들이 가슴속에
불어오길

별빛 속에
사랑을 촘촘히 심어
빛나던 날들
별들 속에 담아두길

사랑함으로
이별과 만나고
이별함으로
다시 사랑을 만난 사람들

별빛이 선명한 날엔
꽃피운 사랑 고백하길
별들이 총총한 날엔
함께한 기억들 헤아리길

인간애

하버 뷰**
정박 된 요트의 불빛들이
보석 같은 하와이 밤 풍경

이국정취에 취해
카메라 셔터
수없이 눌러도

그 안에 숨은
사람들의 이야기는
보이지 않는다

사람이 사람에게로
건너가는 길목
생애 대한 관심

** 항구가 보이는 경관을 갖춘 객실

이 낯선 이국땅에서도
생각은 천길 달리고
마음은 일편 향한다

생의 시작부터 놓음까지
보이지 않는 수많은 이야기가
아프지 않기를 기도한다

3

자연 예찬

자연의 품에 안길 때

노지 캠핑

자연

산책

둠벙

자연인 애착

강촌 여행

노지 캠핑

공간의 아름다움이
꾸미고 치장함에
있지 않음을

만족함의 양이
채운 것 많고 적음에
있지 않음을

편안함의 강도와
안전함의 크기
마음에 비례함을

이 공간에 있으면
저절로 알게 되는 것들
저절로 느껴지는 것들

자연

숲길을 걷고
계곡 물길을 걸으며

산수에 씻기는
인간 내음

나잇살에
묵은 허물 벗고

순수에 어린 미소
되찾아

맑은 본능으로
살고 싶음 일깨운다

산책

사뿐사뿐
걷는 산책길

아카시아 향기
그윽한 마중에 취해

편도는 어느새
왕복으로 바뀌었다

훤히 드러났던
공원길은

어느새 나뭇잎 사이로
오래전 숨바꼭질 놀이 중

그 길 위에
나도 숨어 본다

둠벙

눈앞에
두 하늘이 있다

한 곳에 붙들려 있어도
지루하지 않겠다
깊은 물 소중히 간직한 노고에

파아란 하늘
양떼구름 몰고 와
동무되어 안겨 있다
어여쁘다

나도 너처럼
가슴속에 출렁이는 물이 있는가
무엇을 담아야 할지
고민도 없었는데

애틋한 바람
설레는 열정
내 안에 담겨 있다
나도 너처럼 어여쁠까

자연인 애착

파란 하늘 살랑거리는
외진 벽지에 숨어들고픈
고독한 충동

그곳은
산바람이 시려
새벽이슬이 서리되는 곳

희로애락에 번거로운
이 마음도 얼려 줄까
평온 찾아가고픈 유랑의 마음

나의 자취도 사람의 향기도
잠시나마 숨은 그림처럼
동화시켜 줄 넉넉한 품

푸른 물결 손짓하는
외딴 섬에 스며들어
살고지고파 흔들리는 방황

강촌 여행

발길은 낯선 곳으로 떠나보내고
마음은 한없이 친숙한 곳 따라간다

익숙함 잊었지만
옛적 감각 더듬어 자전거에 오른다
앞선 이, 자전거 굴리는 뒤태가
흡사 동화 속 삽화인 듯 정감난다

오래전 기억을 열어 따라간
구곡폭포의 자취 묘연하고
여행이 주는 묘미던가
다시 찾고픈 일곡(一谷) 이야기 덤으로 받는다

발 담근 물빛은 맑음이
발가락 사이에서 노래하고
햇살은 밝음이 가득하여 웃는다

빈 그림이었던 강촌이
한아름 풍경 담고
첫 스케치 중이다

산행의 묘미

민둥산 억새축제

굽이쳐 흐르듯 갈래진 길들
정상에서 하나 되어 인연을 엮고
산 그림자 파도치며 멀어져 가는
가을 반짝이는 민둥산 억새밭

축제 하루 전 고즈넉함 깔고
이제금 한껏 피어날 설렘으로
수줍은 억새 바람 손 흔들며
저녁으로 바삐 가는 햇살을 붙잡는다

그런 풍경을 등에 지고
앞서가는 이의 모습
내리막길 위에
정겨운 하루가 쌓인다

힐링 산행

고요한 산기슭에
발자욱을 더하고
그네들의 자리에
따뜻한 손길 얹으며

바위에 등 기대어
하늘에 눈인사 남기고
웃는 햇살에
부신 눈을 비비며

가파른 능선을 타다
숨이 턱까지 차오를 때면
심장까지 달아오른 열기
토해 낸다

어느 하루도 똑같지 않아
긴장 늦출 수 없는 산세
흡사 우리 삶 닮았다
그 여독 풀어 헤쳐 놓을 산행 중

봄 산

저 산을 먹고 싶다

무지개 색인들
이처럼 달콤할까
분홍빛 입술에
연둣빛 여린 살결이
지금 절정에 오른다

저 산을 안고 싶다

님의 손길인들
이처럼 황홀할까
산허리를, 등성이를
봄이 오른다

저 산을 알고 싶다

나는 눈빛으로
산은 봄빛으로
주거니 받거니 어루만지니
입꼬리에 봄 같은 미소로 하나 된다

저 산을 닮고 싶다

살그머니 신발을 벗고
맨발의 순수함으로
봄을 향해 오른다

신출내기 신발 무곡
(계곡 Trekking)

흙만! 바위만!
편식하던 신발
첨벙대며 물길 걷는 첫 시식

행여 젖을까 젓가락질 고르듯
피해만 가던 물길
자유롭게 식탐한다

물 건더기 걸러내는 국자 닮아
노련한 선배들 신발 가볍고
물 긷는 두레박 닮아
신출내기 신발 묵직하다

계곡 트래킹
신출내기
그제서야 눈치챘다
신발이 다르닷!

멋쩍은 속웃음으로 마음 한 번 긁적이니
개구지게 물길 걷는 자유가
눈치 볼 것 없는 일탈이고
발걸음엔 신출내기다운 무곡이 한창

절걱절걱, 꿀렁꿀렁
신발 속 물 참이
그 무곡 지어내는
헤살 멈추지 않는다

삶의 고단함
잠시 잊을 만한
즐거운 음률이다

사량도

3월의 남쪽 섬 바람
위엣 것과 사뭇 다르다

등 뒤 배낭에선
짤그랑대는 소리 동무
함께라 심심치 않다

산꼭대기마다
고이 품었다 안겨 주는
숨은 비경

섬 아래 어우러진 바다 위엔
바람과 파도가 햇살마저 잘게 부수어
눈부신 은빛 비늘을 덮는다

산 먼저 오른 이들
떨구고 갔음이 상상되는
발밑에 깔린 온갖 상념들

나 또한 저절로
내려놓아짐 공감하며
산길 밟고 투명해져 가는 정신

사랑도 정상에서
선물 받는다

비 오는 날의 추억

운전 중

머나먼 곳 산 그림자 위에
빛 먹은 하얀 솜사탕 떴다
바로 앞산 하늘에는
먹물이 찍혔다

달리는
차창 위로
햇살에 맑게 씻긴
여우비 미끄럼 탄다

만난 적 없는 우리들의
세념 담긴 하루인 듯 싶고
마주친 적 없는 우리
인생의 그림인 듯 싶다

밤비

가로등 아래
쉬어가는 차창 위로
빗방울 방울마다
빛 하나 담고
물별이 하나, 둘
은하수 이룬다

찬란한 순간은
이내 짧아야만 하는가
아쉬움 만개한
긴 물그림자 늘어뜨리며
물별이 떨어진다

뜨는 물별
지는 물별
밝음 안은 그 마음
여득천금 아닐는지

바라보는 이
마음에도
별 하나 가득하여
같으려니 공감을 때 쓴다

교정의 빗길 걸으며

빗방울 속에
꽃향기 젖어 내리는 밤

가슴속은
향긋한 감상으로 젖는다

두 눈가에 알 수 없는
감정의 여운이 흐르고

아직 이른
낯선 교정의 가로등은

이슬 위로 유유히 빛 뿌리며
어두움을 밀어내는 저녁

늦깎이 가슴에도 작은 열망 하나 차올라
절망의 어두움을 밀어 낸다

향기 젖은 비
어깨 위에 얹고 걸어가지만

가슴속 불꽃의 설렘은
비에 젖지도 않고 황홀을 탐한다

빗길 위에 뜨거운 발걸음 놓으며
이렇게 꿈꿀 수 있는 나는 행복한가

빗물

가을비 내리는 아침
단풍 무늬 입은 길가에
물(水) 음표가 가득하다

붉은,
노란,
주홍빛 낙엽들의 협찬

강물 흐르는 결결이
햇살은 수천으로
쪼개져 빛 발하고

물(水) 음표로 흠씬 젖은
단풍잎 위에선
빛나는 노래 한창인데

빗소리 듣는 마음엔
물음표 가득 찬
악보가 펼쳐진다

비 오는 날

비 오는 자리엔
추억이 맺힌다

어깨에 얹으면
도란도란 구르는 소리 즐겁고

마음에 얹으면
토닥토닥 심장을 부추긴다

좋아라 안으면
속내까지 적시고 마는 장난기

이 비 그치면
함께 짓던 얘기 사라질까 노심초사

비가 오면 이야기 지으며
함께 읽을 동무 그립다

땅이 꽃으로 웃는 것처럼

꽃 마중

삶이 나이든
텃밭 연못에
노오란 달이 찾아온다.

너의 자리에
지나가는 나그네
잠시 머무는 것뿐인데

만개한 노랑 붓꽃은
달님 맞을 준비였던가
금빛 찬란한 마중이다

길목

하루가 쉼을 얻는
초겨울 어스름 저녁

지나쳐 간 길 위에 놓여 있을
부지런한 당신의 수많은 발자국들

시간이 지워 버린
부단한 그 발걸음 헤아리다

생각의 긴 그림자 동무되어
과거 위에 현재를 얹으며

내 발자국도 겹쳐지는
카이로스의 풍경

땅

네게는
주는 마음 그대로
꽃이 핀다

네게는
주는 마음 그대로
열매 맺는다

나도 그랬으면
우리 모두 그랬으면

보리수

익숙한 길 위에
낯선 향기
바람으로 손 흔들며
반갑게 맞이하네

누이 생각하여
보듬는 오라버니 마음
보리수 한 그루 되어
반갑게 맞이하네

익숙한 길 위엔
낯선 향기 손 흔들고
텃밭엔 낯익은 마음이
반갑게 맞이하네

텃밭

밭 갈고
땅 고르고
씨앗 심고
모종 심고
발길 돌린다

흙에 심긴 것이
어디 이것뿐이겠는가
홀로 견디는
애환 흙에 섞으며
묻었을 이야기

텃밭머리 앉아
흙에 심은 정성 보는 기쁨
인생의 텃밭엔
살며 엮은 인연 커가는 행복
모두가 텃밭에서 자라는 선물이다

4
사람꽃이 피었네

이런 사람이 좋다

동창 모임

라떼 스승

꽃중년

동네 소식지

동창 모임

신나게 웃어 본 적이 언제였나
한창 웃는 중에도
마음은 일상을 뒤돌아본다

학창시절 이야기꽃 피우며
웃음으로 아픈 배꼽 잡는 퍼포먼스에
정겨움 더 무르익는다

내 얼굴에도
친구들 얼굴에도
환한 웃음꽃을 본다

신나게 웃어 본 적이 언제였나
오늘만 같았으면 하는 시간 다시금 기약하며
석별의 손짓 민들레 꽃씨처럼 날려 본다

라떼 스승

칠흑 같은 밤하늘
그래서
별이 더욱 밝게 빛나는 공간

그 밤하늘엔
그림자가 없다는 것
문득 깨닫는다

당신이 제자에게
그런 밤하늘이 되어 주고자 한
바람, 헌신이었을까
당신이 제자의 삶에서
그림자 지워지길
원했던 마음, 사명이었을까

누구에게나 청춘은
찬란하고 값진 것
중년 되어 돌아본 시간 속엔

그 시간 기꺼이 녹여
그림자 지우개 되어 준
나의 선생님

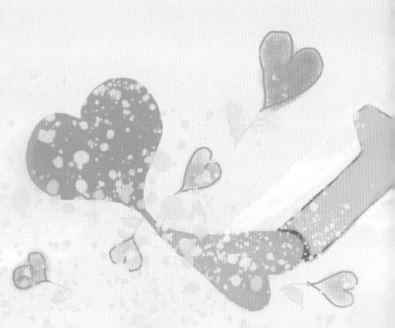

꽃중년

가슴주머니에 꽃 꽂은
중년의 신사들
호텔 로비에 우르르
노오란 꽃이 인상적이다

살아갈수록
살아낼수록
가슴속 아련히 사무칠 청춘의 마음
보내기 아쉬운 걸까

과거에 사로잡힌 듯 보이는
중년의 오늘
젊은 시절의 덧정에 흠뻑 취해
얼큰히 달아오른 모습

와인향기 콧바람으로 날리며
가장 젊은 날인 오늘 하루도
보짱 있게 떠나보내는
중년의 마음 익어감을 본다

동네 소식지

내가 살게 된 이곳
내가 사는 이곳
기관에서 발행한 소식지
펼쳐 본다

누군가의 선행
관심과 격려로 알려지고
그 선행으로 인해 받은
나의 감동 다시 전하고

이웃이 알리는 삶
이웃을 알아가는 삶
그런 이야기 가득 쌓여
훈훈함 전도된다

사람다운 사람들이
살아가는 이야기 모여
삶이 존중되고
행복할 자격 응원하고픈

이 마음도 소식지에 전해 볼까
이사 오길 잘했네

너와 함께하는 하루는

이야기 쓰기

너라는 연필을 만나면
하루는 노트가 된다

항상 글의 시작과 끝은
만남에서 헤어짐으로 끝을 맺는다

의성어가 곳곳에서 감칠맛 내고
은유가 감수성을 부채질한다

틈틈이 써보는 물음표엔 배려와 걱정이
존중과 경의는 느낌표에 묻어 있다

가끔은 말줄임표에
속뜻이 깊고

오타는 애교라
지우개는 필요치 않다

시간의 쓸모

어느 하루는
쓸데없이 길고

어느 하루는
쓸모없이 짧고

너 없는 하루는
쓸데없이 길고

너와 함께하는 하루는
너무 짧아 쓸모없고

핑계

물리적 거리 좁히지 못해
몸은 어쩔 수 없이 이곳에 붙들려 있다

아뿔싸! 마음은 붙잡아 둘 수 없어
벌써 놓쳐 버렸다

네 곁에 도착하거든
꼭 붙들어 두길 당부한다

핑계 대고
찾으러 갈 수 있도록

반했다

어두움이 배경이다
하아라이트는 너의 낯

밝음이 너만을 향해
동그란 눈 맞춤 처음이다

너만이 선명히 살아
가슴 속에 다가오는데

잠시 숨이 멎는다
너는 알까

극한의 순수로부터 분출되는
심장의 울림소리 쿵!

연애 감정

다른 것에 집중할 수 없다
몸은 혼 떠난 습관적 움직임일 뿐
생각 안엔 네가 가득 배어 틈이 없다

다른 것은 노래할 수 없다
하루가 온통 너를 부르는
작사 작곡뿐

다른 것을 숙고할 수 없다
너라는 맥락을 이해하고자
뻗어나가는 질문에 답을 찾기도 버겁다

너를 향해 물음표 안고
살금살금 기어나가는 열심 때문에
하루 종일 마음이 간지럽다

만남

셀 수 없는 시간
수만의 날들이
9만 9천 제곱킬로미터 위에서
연고 없이 흘러간다

살아가며 너도 알고 나도 아는
숨결 새겼을 법한 곳들
서로의 인연이 빗겨 갔던
야속하고 광활한 삶의 터전

그들에게 우연처럼
그토록 넓었던 시공간이
어느새 좁아진다

같은 시간을 보내고
같은 길을 걷고
같은 곳에 함께 숨쉬며
같은 마음을 짓는다

너무 늦어서 애틋하고
너무 늦어서 소중한
의미들이
반갑게 조우한다

연인들

기분 좋게
부대끼는 낮술

한 이는 붉은 낯빛
다른 이 민낯인 듯 하얗기만

술 오른
서로의 낯빛 달라도

눈빛 보니
마음속 낯빛 닮아

일렁이는 마음
물빛으로 섞여 간다

그 물빛 淸 하고
그 물빛 明 하여

어여쁜 연인이다

소망

세월이 한 방울 한 방울
흘러 그곳으로
갔는가 보다

시간이 한 방울 한 방울
떨어져 그곳으로
갔는가 보다

마음이 한 방울 한 방울
모여 그곳에
닿았는가 보다

바람이 한 방울 한 방울
담겨서 그곳에
닿았는가 보다

그곳이
당신이었나 보다

위기

당연한 수순일까
감정의 줄타기
균형 잡기 쉽지 않아 보인다

서로에게 보내는 마음
처음같이 뜨거운데
이유 있어 어느새 식어 버린다

쓸데없이 자리 잡는
몹쓸 마음의 풍랑
시시콜콜한 감정의 찌꺼기들

드러내지 못해 쌓여간 속내
서로의 바람도 삐뚤빼뚤
위험천만 줄타기 감수해야 살아난다

생의 아름다운 순간들

감성 중독

한여름 힘겨움도 무뎌질 만큼
줄곧 각성상태가 이어진다

뇌파가 해답을 찾을 수 없는
빛줄기를 좇아가는 듯 싶다

너무하는 것 아닌가 싶다가도
이런 날이 언제 다시 오겠나 싶어
마지막인 듯 열정을 부어 본다

인생에서 가장 강력하고
흡입력 있는 중독을 경험 중
머릿속에 맑은 빛이 가득이다

기도

세상사 바쁨 중
지구공 위에서 버티다
허망한 속세에
비루해지는 정서

살아갈 힘 느낄 수 없어
시름시름 기운 잃어
헛헛한 영혼의 내면
먹이고픈 맑은 언어

이해할 수 없는 사랑
알아야 할 진실에
맞닥뜨리는 순간
영혼의 밥 때가 된다

반항

아직 건너지 못한
8월의 더위가 앞에 있는데
이른 가을 예감과 조우한다

어두움 그려가는 하늘가
아파트 경계선 사이로
오늘따라 반달이 선명하다

내 뜻 상관없이
생에 던져진
인생의 한 텀

운명 적힌 팻말 향해
던지고픈 오기로
선명한 저녁을 방황한다

응원

내가 손대어서는
안 되는 시간

준비해 가져간 시간들
새끼 꼬듯 정성스럽게

스스로 행복한 시간
엮어낼 거라 믿으며

마음 하나 열고
마음 하나 닫는다

네가 손댈 수 없는 시간을
나 또한 엮어가며

여행

교환(交歡)은 이미 망부석 되었고
계획된 3일이
7일의 공백을 위로 중이다

다가올 시간이
텅 빈 현재의 시간을
이처럼 알뜰히 채울 줄이야

단 하나 없고 단지 하나 있을 뿐인데
3일의 가향*** 정신에 가득하고
기다리는 마음 대견하다

*** 눈앞에 보이지 않는 목적지를 의미

사색

익숙한 대학로 밤거리
낯선 이들의 관중 되어
홀로 걷는 일이 새삼스럽다

혼자 되는 시간
그 또한
새삼스러울까

갖고 싶은
마음의 거리는
짝사랑

함께 하고픈
현실의 거리는
외쪽생각

삶의 공전
마음의 사계
감정의 자전

감성과 이성
들날리는
인생의 신경전

별리의 순간

육안이 닫힌다 해도
손가락 마디마디
흔적을 거두어
주머니 속 엉킨
느낌을 찾아내고

이별의 그늘에서도
기억한 시간 시간
사랑을 거두어
묶어 둔 마음에
행복을 피워내고

살아간 흔적 속에서
부끄럼 덕지덕지
용기로 거두며
감사로 고백하는
지혜를 붙들자

배우는 기쁨

겸손

세 치 혀에
갈증이 돋는다

뇌는 아직도
차오름 중이다

부족하여 내놓을 수 없는
지금도 얕은 앎

세상을 말하기엔 턱없이 부족하고
사람을 말하기엔 더없이 모자란다

세 치 혀에 돋은 갈증이
다행스런 역설을 감지 중

교육 리폼

교육은
하는 것이 아니다
시키는 것도 아니다

알고자 함
알려주고자 함
우리 본래의 유전자

본래의 것이
교류하는 상태
그것이 교육이다

우린 다만 장 펼치어
그 본래의 활동
왕성하도록 조력하면 된다

교육이 일어나도록 해야 한다
교육의 인식 리폼되어야
본래 사람자리도 찾을 수 있겠다

바람

눈을 보아야
말이 보인다

표정을 보아야
목소리가 들린다

하나만으론 둘을
알 수 없게 되었다

이성은 퇴보하고
마음은 미물의 하찮고 고된 몸짓이 되어간다

온전한 모습으로
당신이 보고 싶다

난 그림자

넌 항상 그대로인데
난 늘 변화무쌍하다

아침엔 밝은 길 안내하려
너보다 먼저 앞질러 길어진다

한나절엔 한몸인 듯
같이 있고 싶어 난장이처럼 작아진다

저녁엔 좀 더 함께하고파
무거운 발걸음 탓에 다시 길게 늘어진다

밤이 되면 헤어지는 슬픔
보이고 싶지 않아 숨는다

너로 인해
빚어지는 난 그림자

5
시밥을 짓다

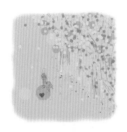

시가 싹틀 때

창작의 기쁨

하루 일과가 이처럼
수다스러운 여름이 있었을까

여름 한낮의 태양이 이처럼
무용지물이던 날이 있었을까

글로 지저귀는 소란스러움이
이렇듯 즐거웠던 적이 있었던가

안전불감증 빗장을 열었는데도
이렇듯 안전함을 느낀 적이 있었던가

시밥

맛진 쌀밥 향내다
시 지어내는 시인 덕에
궁핍한 영혼이
때 가릴 것 없이 배부르다

입맛 다실 것 없는
허기진 세상살이에
마음 영글 곳 없어
심장에 냉랭한 거미줄 쳤나보다

갓 지은 시밥에서
솔솔 오르는 정감이
거기에 닿아 물 맺힌다

보이지 않아 거둬낼 수도 없던
마음속 거미줄이
촘촘히 물기 머금고 드러나는 순간이다

따뜻하고 정성스런 시밥이다
맑은 영혼 살려내는 시밥으로
한끼 거뜬히 눈요기하면
거미줄 한 꺼풀 거둬 낼 용기 얻는다

감수(監修)

어떤 마음일까
한마음 되고파
들여다보았는데
별걸 다 보게 되어
송구했습니다

그럼에도
불구하고
좋습니다
기다려집니다

시인 되기

격앙된 감정에
언어들이 들뜬다

빗장 채워지지 않는
말들이 뛰쳐 나간다

열렬히 거듭되는
생소한 변생

詩人愛 다다르는
길목을 서성인다

시가 올 때

우리 시가 익을 때
만나자

그 시가 절절히 익을 때
사랑하자

한껏 추억되어 떨어질 때
시를 심자

시가 싹틀 때
보듬은 그리움에 옮겨 심자

10월의 끝

팽창한 가을하늘 땜에
한강도 파랗게 부풀고
햇살은 긴 걸음을 늦춘다

창 밖에서 손짓하는
가을 풍경 땜에
달리는 차들의 속도는
잰 걸음으로 붙들린다

시월의 마지막 밤
낮에 보았던 가을풍경 땜에
시 또한 부풀어
내 안에 멈춘다

아픔까지 보듬으며

헛사랑

사랑이 이곳 저곳
한낱 종잇장처럼
거리에 흩어져 날린다

영화에도 드라마에도
사랑이란 이름의 얼굴로
허기진 이리처럼 가슴속 파고든다

그렇게 가볍고 의미없이
가공되고 만들어진
거짓말 같은 사랑들

사랑이 여기저기
한낱 종잇장처럼
거리에 흩날린다

교차

정오의 신촌 거리
젊음이 붐비며 지나침이
푸른 가로수 잎사귀처럼 싱그럽고
거리로 쏟아지는
뒤섞인 음악의 소란스러움이
에너지를 상승시킨다

현재의 삶에 누군가 찍은 마침표를
위로하러 가는 길
찰나로 빗겨 가는
낯선 감정과의 마주침 녹을 만큼
이곳의 삶에 에너지는
가을로 접어든 햇살만큼이나 뜨겁다

길가에 놓인 화분 속 식물 덕에
거리는 생명력으로 한층 더 장식되고
지나가다 그 모습 다시 뒤돌아보는
길 가던 노인의 모습이 클로즈업되는 순간
마음의 혼돈이 잡은 강력한 앵글
희비로 엇갈린 마음 남는다

이별 후

번번이 마음을
다시 가져가십니다

그대 떠나보낸 시간 옆에
아쉬움이란 긴 그림자가 매달립니다

돌려받을 길 있을까 걱정보다
돌려줄까 걱정스러움이 먼접니다

그대 사라진 공간엔 그늘도 짙어
밝음도 잠시 자취를 감춥니다

해가 뜨고 달이 지고
달이 지고 해가 뜨는 것처럼

언젠가는 그대와 나
자연스러우면 좋겠습니다

별 그리다

전해 들은 바로
어림짐작한 인품처럼
반지레 네모 반듯한
두 분의 거처

첫 마음 수줍음 닮은
연분홍 코스모스로
가을 향기마저 전해드리고파
두 다발 차근히 가려 뒤따른다

화병 속에 첫인사 담고
함께 한속으로 눈감아
두 분 찾아가선
서로 다른 속내 전했을 터

돌리던 발걸음 멈칫
흙먼지 앉은 상석 쓸어내며
마음 알려드릴 손길
두 분께 닿을 수 있는 사유되어 다행이다

간밤에 하늘눈으로
오늘을 보았던 것일까
생각이 선명하여
잠들지 못해 뒤척인 까닭이

별리

긴 하루의 침묵을 타고
유유히 흘러
기어이 너의 곁으로 가고 마는
말 한마디 보고 싶습니다

하루의 시작이 눈 뜨면
밤새 가득 차 올랐던 마음
태양처럼 떠오르는 아침
그대 곁에서 밝게 빛나고픈
말 한마디 사랑합니다

생사 엇갈려 멀어졌어도
함께 걸어가던 그리움의 길
서로의 곁에 묶인 마음 기대어
볼 수 없는 시간을 기워냅니다

포기

소망이 움트는 순간
행복이 짙어지는 순간
당신은 울어 본 적 있는지

햇살이 안개 위에 부서지고
열망은 가슴속에서 부서질 때
당신은 꿈을 접어 본 적 있는지

연둣빛 덜 자란 녹음이 비에 씻기고
당신의 소원이 피어나던
그 길 위에서

마음 여행

불면

낮은 잠들고
밤은 눈뜨는 시간의 연속
깨어 있는 마음 잠재우지 못해
잠 청하는 고된 시간들

이유 있어 잠들지 못해
밤과 함께 눈뜨는 진실과
연신 모르쇠로 일관하는
이기적인 이성의 맞물림

시지프스 신화처럼
되풀이되는 생각을 밟고
아직 오지 않은 시간을
만나려 하는 성급함

낮은 청명해서 행복했고
마음이 눈뜨는 밤은
사심의 향연이 감성을
폭풍처럼 휘감는다

마음의 형상

심리가 울퉁불퉁 비포장이다
아무리 좋은 생각으로 다듬어도
이곳저곳이 돌밭이다

못난 길처럼
그리움 질척거리는
개운치 않은 진흙길이다

가을비 내리는 자갈길처럼
비에 젖으면 숨기고픈 색 짙어지고
보고픔 반들거리는 본래 길이다

성급한 마음에 질러가는 지름길처럼
생각과는 반대로 한달음에 달려가는
참을성 없는 미숙한 길이다

아픔이 맺히는 자리

사람의 불완전함이
열매 맺는
삶의 미숙한 과정들

진실은 가려져 외면되고
존재를 인정하는 겸손은
이성의 논리로 하찮게 허물 벗고

환영을 좇아 살아가는 사람들
사랑으로부터 고립되어가는
세상을 느낄 때면 벌처럼 아프다

진리가 가득한 땅에
진정한 의미 속에 살고 싶다
외치는 마음속 몸부림

고뇌

곧은 밤을 타고 오르는
사념의 사다리 끝에서
구시렁거리며
방황하는 길손같이

아직도 어디에 머물지
알 수 없는 흐릿한 마음
도착은 언제일는지
미정에 머물러 있는 마음

살아내는 시간이 쌓일수록
생에 온전함 좇아 버둥거리는
허술한 내 시간들이 가시처럼 아프고
사랑하며 살고픈 마음에 애달픈데

또 다른 나는
세상 희로애락에 묶여
장단 맞추는 꼭두각시라니
이 두 마음이 어떻게 지낼까

평가유예

현실의 잣대가
닿을 수 없는
성역에 있다

내려놓고자 해도
중력의 법칙
통하지 않는다

전진도 후퇴도
할 수 없는 망설임
치외법권이다

이성은 이치대로
감성은 순리대로
잠시 그렇게 두자

이중성이
이치에 닿는 날
그때면 할 수 있겠다

마음의 평화

존재 안으로 뚫고 들어와
날 흔드는 반성적 되물음들

마음이 뻗어가는 길목에
경계를 두른다

갇힌 시공간으로
바람이 사라져야만

온종일 좇다가
찢어질 듯 팽팽해진 마음

그 날개짓 잠시나마 멈추고
본연으로 돌아와 내면에 쉼을 얻는다

질문

주는 시간이 너무 고마워
받아도 되는지 묻는다

주는 즐거움이 너무 행복해서
받아도 되는지 묻는다

주는 의미가 자꾸만 커져서
키워도 되는지 묻는다

수준 낮은 물음에도 답을 주는
당신은 내게 진리다

신앙 고백

나의 주
사랑의 원조
예수 그리스도

그 사랑은
한계도 소멸됨도 없이
Ctrl+C가 무한 보장된다

그 사랑은
고백을 통해 결코 변조됨 없이
Ctrl+V로 누구에게나 간다

내게 붙여진
그 사랑이
네게도 Ctrl+V 되었으면

삶과 자연을 노래하는 음유시인(吟遊詩人)

송광택(시인, 출판평론가)

"이 세상에서 가장 죄 없는 일이 시 쓰는 일이고, 가장 죄 없는 사람이 시인이다." 철학자 하이데거의 말이다.

우리는 한 편의 시를 읽고 생각하면서, 인간 경험의 어떤 측면을 의식하게 된다. 예를 들면 시인은 우리로 하여금 자연이 가진 다면적 아름다움을 의식하도록 함으로써 우리 자신을 풍부하게 해주는 것이다. 우리는 시를 읽으면서 우리 주변 사람들과 자연에 대한 각성된 의식을 갖게 된다. 시를 감상할 때 우리는 사람들의 기쁨과 슬픔, 그리고 고뇌와 환희에 참여하게 되는 것이다. 한 편의 시에는 시인의 세계관 혹은 인생관이 반영되어 있다.

이 시집에 실린 시들을 음미하면서 필자가 느낀 첫 느낌은 '곱고 아름답고 잔잔하고 정갈하다'였다. 이 시편들을 통해 독자는 이와 비슷한 울림을 감지할 수 있을 것이다. 또한 다음과 같은 시인의 장점과 특징을 알아 볼 수 있으리라 생각한다.

첫째, 시인은 '번역'하고 '해석'한다. 시인은 잘 번역하기 위해 '원문'을 정독해 적확(的確)하게 해석한다. 그에게 삼라만상은 모두 해독해야할 텍스트다. 이름 모를 들풀부터 설형문자(楔形文字, 또는 쐐기문자) 같은 인생사에 이르기까지 시인은 그 모든 것을 사랑하는 마음으로 품고자 한다. 시 창작은 인간과 현상과 만물이라는 텍스트를 잘 읽어내는 데서부터 시작된다.

잘 읽기 위해서는 관찰의 덕목이 필요하다. 시인은 계절의 변화를 살피며 삶의 이모저모를 꼼꼼하게 읽는다.

파랑 떨어지는 하늘 밑에
붉은 물감 어디서 찾았는지
욕심 과해 검붉게 콧대 세운
수숫대 끝에 마음이 앉는다

들녘 가득 차오른
황금색 물감 들이며
치장하기 바쁜 가을 색시
속마음 누굴 좇고 있는지
천지가 붉어지도록 애틋해지면

그 마음 드러내려나

기다림으로 짙어진 시간 탓에

바래 버린 색일랑은 벗어던지고

혹 하얀님 만나 새 옷 입으러 가시려나

「가을 색시」 전문

생각을 접으면

잠자리 떼

익숙한 하늘을 날고

마음을 접으면

심장처럼 붉은 단풍

한강 물 따라 흐르고

기억을 접으면

행복 닮은 노란 은행잎

낙엽처럼 쌓인다

「가을 접기」 전문

시인의 언어는 아담의 언어다. 시인이란 사물에 이름을 부여하는 '제2의 아담'이다. 『문학형태론』을 쓴 R. G. 몰든은 시인을 이렇게 정의했다. "창조란 존재의 총계에 무엇인가를 새롭게 보태는 일인데, 새로 보태지는 것이 시이며, 이 일을 행하는 사람이 바로 시인이다."

둘째, 시인은 언어의 집을 짓는 건축가다. 시인은 오감으로 응답하고 언어로 색을 입히고 생명을 불어넣는다. 알을 품듯이 품고 있으면 때가 이르러 심상(心象)이 자리잡고 한 편의 시가 기지개를 켠다. 물론, 언제나 그런 과정을 거치는 것은 아니다. 번개처럼 시어(詩語)가 시인의 가슴에 내리꽂힐 때도 있지 아니한가. 그럼에도 불구하고 시인은 근면해야 한다. 영감은 게으른 이에게 임하지 않는다. 시인의 시편들은 그가 성실한 구도의 자세로 시작(詩作)에 임한 시간들을 증언한다.

우리의 맘은 자신도 모르게
봄, 여름, 가을, 겨울

그러나 그것은 잠시
겉으로 드러나는 계절일 뿐

어떤 계절을 앓고 있다 해도
그 사람 본연의 계절이 있기 마련

잠시 그의 계절이 바뀌었다 해도
그 계절을 함께 걸어가 주는 두터운 마음

살아가며 누군가의 버팀목으로
살가운 마음 익어 결실하는 가을걷이되길

「추수」전문

시인은 인생의 추수 때가 다가옴을 느낀다. 중년을 지나면
노년의 날들이 올 것이다. '살아가며 누군가의 버팀목'이 되어
주었다면 행복하고 보람을 느끼는 추수기를 맞이하지 않겠는
가. 이것은 시인의 소망이기도 하다.

몸과 마음
닿지 못하는 공간

화분 하나 선물로
장식하였습니다
위로가 되어 줄
꽃씨도 심어 두었습니다

흙 속에 고이 덮어
심어 둔 내 마음씨
피어난 꽃 이름
"당신을 축복합니다"

「마음씨(種)」전문

필자는 시인의 표현력을 보면서 오랜 습작을 통한 '내공'
을 감지한다. 또한 독특한 표현력에 살짝 놀라기도 한다. '마음
씨(種)'와 같은 재치있는 표현(일종의 wordplay)을 여러 곳에서 볼
수 있다. 예를 들면 '눈(雪)웃음만 보이고', '물(水)음표' 같은 조
어(造語)들이다.

많은 단어들이 시에서는 다중적 의미로 읽힐 수 있다. 이러
한 조어들은 신선한 상상력의 표현이다. 또한 독자를 잠시 멈
추게 하는 효과도 있다. 시는 속독으로 읽는 실용서 같은 글이
아니다. 천천히 읽으며 시인의 마음까지 읽어내는 작업이 아
닐까. 그런 의미에서 시인의 이러한 시도는 '낯설음'의 장치를
통해 시가 전하는 메시지의 다중성도 경험하게 한다.

셋째, 시인은 새로운 세상, 오늘보다 더 나은 세상을 꿈꾸
는 작가로서 창작에 임했다. 그는 사랑과 진리를 믿는다. 무엇
보다도 사람을 귀히 여기고 눈에 안 띄는 들풀에게도 다가가

고 공감한다. 이러한 마음에서 나온 시만이 독자에게 울림을 줄 수 있다. 물신주의와 실용주의, 그리고 자본주의가 모든 이를 삼켜 버리는 시대에 시인은 '사랑과 진리가 입 맞추는' 세상을 꿈꾼다.

이명희 시인은 "깨끗이 살아간다는 것은 쉬운 일이 아니다. 좋은 시를 쓴다는 것은 더욱 쉬운 일이 아니다"라고 말한 적이 있다. 정호승 시인은 "시를 쓰기 전에 먼저 인간을 사랑하고, 인간을 사랑하기 전에 먼저 인간의 고통을 이해해야 한다"고도 했다. 이러한 마음으로 창작에 임한다면 손끝으로 쓰는 시가 아니라 가슴으로 쓰는 시가 태어날 것이다.

이승하는 《새로 쓴 시론》에서 "시인은 말도 안 되는 것을 말하는 사람이다. 의사소통을 위한 말의 질서를 파괴하고 그 잔해 위에 새로운 말의 탑을 세우는 자, 그의 이름은 시인이다"라고 했다. 그에 따르면, 창조란 존재의 총계에 무엇인가를 새롭게 보태는 일인데, 새로 보태지는 것이 시이며, 이 일을 행하는 사람이 바로 시인이다.

시인은 걸으며 생각하고 시심(詩心)을 가꾼다. 산에 오르면서 다양한 풍광을 본다. 봄(sight)은 보는 것으로 그치지 않는다. 사물과 현상을 꿰뚫어 볼 때 얻는 통찰(insight)을 시로 풀어내고 있다.

끝으로, 필자는 시인의 '공감력'을 여러 시편에서 확인할 수 있었다. 시인은 밖의 변화를 안에서 느끼고 내면으로 받아들인다. 이 시집에는 안과 밖이 소통하는 시들이 가득하다.

"시는 체험이다. 한 행의 시를 위해 시인은 많은 도시, 사람, 물건들을 보아야 한다." 릴케의 말이다. 시인에게 '자연'은 무엇인가? 자연 만물은 그의 스승이고, 삶의 내비게이션이기도 하다. 시인은 삶의 소소한 일상에서 깨달음을 얻는다. 평범하게 보이는 사물에서도 지혜의 빛을 발견하곤 한다.

저 산을 먹고 싶다

무지개 색인들
이처럼 달콤할까
분홍빛 입술에
연둣빛 여린 살결이
지금 절정에 오른다

저 산을 안고 싶다

님의 손길인들
이처럼 황홀할까
산허리를 등성이를
봄이 오른다

저 산을 알고 싶다

나는 눈빛으로
산은 봄빛으로
주거니 받거니 어루만지니
입꼬리에 봄 같은 미소로 하나 된다

저 산을 닮고 싶다

살그머니 신발을 벗고
맨발의 순수함으로
봄을 향해 오른다

「봄 산」 전문

어떻게 이러한 발견이 가능할까. 김승옥은 말하기를 "글을 쓴다는 것은 밖의 것을 받아들여(impression) 자기의 마음이라는 필터에 걸러낸 후, 밖으로 뱉어 놓는 것(expression)을 말한다. 받아들이는 것이 없이는 결코 나올 수가 없는 것이다. … 무엇을 쓴다는 것은 그리 거창한 것이 아니다. 일상사에서 일어나는 각자의 느낌, 작은 것을 세밀하게 관찰하여 거기서 오는 새로운 발견이, 바로 글의 시작이 되는 것이다"라고 했다.

이 시집의 시들은 오랜 세월에 걸친 묵상과 사유의 열매들이다. 그의 시는 생수처럼 목마른 영혼을 만족시키고, 단비처럼 곤고한 이에게 위로를 준다. 이후에도 아름다운 시편을 통해 많은 이들에게 사랑과 희망의 메시지를 전하는 시인이 되어주기를 기대한다.